सफलता के सोपान

मानव-जीवन में उन्नति-अवनति के अनेक अवसर आते हैं। कभी-कभी देखने में यह आता है कि एक अयोग्य व्यक्ति उन्नति के शिखर पर पहुंच जाता है और कभी एक सुयोग्य व्यक्ति बार-बार प्रतिहत होता हुआ जीवन में कुछ भी नहीं कर पाता।

इस बात को देखते हुए कभी भाग्य को दोष दिया जाता है, कभी समय को, कभी समाज को और कभी परिस्थिति विशेष को। परन्तु इन सबकी मूल में यदि गहराई से पैठ हो सके तो हमें यही प्राप्त होता है कि मनुष्य अपने भाग्य का निर्माता स्वयं है। यदि उसके अन्दर आत्मविश्वास है तो संसार के किसी भी कार्य को अकार्य नहीं मान सकता, जैसे नेपोलियन ने अपने जीवन में 'असंभव' शब्द का प्रवेश नहीं होने दिया। मनुष्य प्रत्येक कार्य को यह सोचकर करे कि इस कार्य में है क्या, यह तो मेरे चुटकियों का खेल है, मैं इसे बहुत ही आसानी से कर सकता हूं, तो विश्व की कोई शक्ति नहीं जो उसकी उन्नति के मार्ग में बाधा बन सके।

स्वेट मार्डेन की एक अनुपम पुष्तक का हिंदी रूपांतर।

सबसे पहले हम चरित्र को ही लेते हैं। चरित्र का निर्माण होता है ईमानदारी और सदाचार से। आज के युग में कितने व्यक्ति हैं जो ईमानदारी और सदाचार से अपना जीवन व्यतीत कर रहे हैं। मानव-इतिहास में जो लोग शक्तिशाली, सत्ताधारी या वैभव सम्पन्न हुए हैं उन्होंने मानवीय सभ्यता के निर्माण और प्रसार में उतना योगदान नहीं दिया जितना उन गिने-चुने व्यक्तियों ने दिया है जिन्होंने स्वयं ही अपना जीवन ईमानदारी और सदाचार से नहीं जीया, बल्कि दूसरों को भी वैसा ही जीवन जीने की प्रेरणा दी। इस अंधेरे युग में आज वे प्रकाश-स्तम्भ की तरह भटके हुए मानव समाज का मार्गदर्शन कर रहे हैं।

इन व्यक्तियों में साबरमती के सन्त महात्मा गांधी और संयुक्त राष्ट्र अमेरिका के राष्ट्रपति अब्राहम लिंकन के उदाहरण दिए जा सकते हैं। महात्मा गांधी और अब्राहम लिंकन का समूचा जीवन ईमानदारी और सदाचार का आदर्श प्रमाण है। उनका जीवन निष्कलुष और निर्दोष रहा, जिन्होंने अपनी प्रसिद्धि और प्रभाव का कभी कोई व्यक्तिगत लाभ नहीं उठाया। स्वयं को भ्रष्टाचार के हाथों कभी बिकने नहीं दिया।

इसका प्रधान कारण यह था कि उन्होंने जीवन के आरम्भ से ही अपना लक्ष्य निर्धारित कर लिया था और उसी को अपने जीवन का वास्तविक तथा महत्त्वपूर्ण ध्येय और कर्तव्य मानकर निरन्तर उसे प्राप्त करने के लिए अथक परिश्रम करते रहे। जब कोई व्यक्ति अपने जीवन का उद्देश्य और लक्ष्य निर्धारित कर लेता है तो उसकी समस्त चेतना तथा शक्ति उसी लक्ष्य की

प्रकाशक : डायमंड पॉकेट बुक्स (प्रा.) लि.
X-30 ओखला इंडस्ट्रियल एरिया, फेज-II
नई दिल्ली- 110 020
फोन : 011-40712200
ई-मेल : sales@dpb.in
वेबसाइट : www.diamondbook.in

Safalta Ke Sopan
By : Swett Marden

प्रकाशक : डायमंड पॉकेट बुक्स (प्रा.) लि.
X-30 ओखला इंडस्ट्रियल एरिया, फेज-II
नई दिल्ली- 110 020

फोन : 011- 40712200
ई-मेल : sales@dpb.in
वेबसाइट : www.diamondbook.in

Safalta Ke Sopan
By : Swett Marden

सफलता के सोपान

मानव-जीवन में उन्नति-अवनति के अनेक अवसर आते हैं। कभी-कभी देखने में यह आता है कि एक अयोग्य व्यक्ति उन्नति के शिखर पर पहुंच जाता है और कभी एक सुयोग्य व्यक्ति बार-बार प्रतिहत होता हुआ जीवन में कुछ भी नहीं कर पाता।

इस बात को देखते हुए कभी भाग्य को दोष दिया जाता है, कभी समय को, कभी समाज को और कभी परिस्थिति विशेष को। परन्तु इन सबकी मूल में यदि गहराई से पैठ हो सके तो हमें यही प्राप्त होता है कि मनुष्य अपने भाग्य का निर्माता स्वयं है। यदि उसके अन्दर आत्मविश्वास है तो संसार के किसी भी कार्य को अकार्य नहीं मान सकता, जैसे नेपोलियन ने अपने जीवन में 'असंभव' शब्द का प्रवेश नहीं होने दिया। मनुष्य प्रत्येक कार्य को यह सोचकर करे कि इस कार्य में है क्या, यह तो मेरे चुटकियों का खेल है, मैं इसे बहुत ही आसानी से कर सकता हूं, तो विश्व की कोई शक्ति नहीं जो उसकी उन्नति के मार्ग में बाधा बन सके।

स्वेट मार्डेन की एक अनुपम पुस्तक का हिंदी रूपांतर।

सबसे पहले हम चरित्र को ही लेते हैं। चरित्र का निर्माण होता है ईमानदारी और सदाचार से। आज के युग में कितने व्यक्ति हैं जो ईमानदारी और सदाचार से अपना जीवन व्यतीत कर रहे हैं। मानव-इतिहास में जो लोग शक्तिशाली, सत्ताधारी या वैभव सम्पन्न हुए हैं उन्होंने मानवीय सभ्यता के निर्माण और प्रसार में उतना योगदान नहीं दिया जितना उन गिने-चुने व्यक्तियों ने दिया है जिन्होंने स्वयं ही अपना जीवन ईमानदारी और सदाचार से नहीं जीया, बल्कि दूसरों को भी वैसा ही जीवन जीने की प्रेरणा दी। इस अंधेरे युग में आज वे प्रकाश-स्तम्भ की तरह भटके हुए मानव समाज का मार्गदर्शन कर रहे हैं।

इन व्यक्तियों में साबरमती के सन्त महात्मा गांधी और संयुक्त राष्ट्र अमेरिका के राष्ट्रपति अब्राहम लिंकन के उदाहरण दिए जा सकते हैं। महात्मा गांधी और अब्राहम लिंकन का समूचा जीवन ईमानदारी और सदाचार का आदर्श प्रमाण है। उनका जीवन निष्कलुष और निर्दोष रहा, जिन्होंने अपनी प्रसिद्धि और प्रभाव का कभी कोई व्यक्तिगत लाभ नहीं उठाया। स्वयं को भ्रष्टाचार के हाथों कभी बिकने नहीं दिया।

इसका प्रधान कारण यह था कि उन्होंने जीवन के आरम्भ से ही अपना लक्ष्य निर्धारित कर लिया था और उसी को अपने जीवन का वास्तविक तथा महत्त्वपूर्ण ध्येय और कर्तव्य मानकर निरन्तर उसे प्राप्त करने के लिए अथक परिश्रम करते रहे। जब कोई व्यक्ति अपने जीवन का उद्देश्य और लक्ष्य निर्धारित कर लेता है तो उसकी समस्त चेतना तथा शक्ति उसी लक्ष्य की

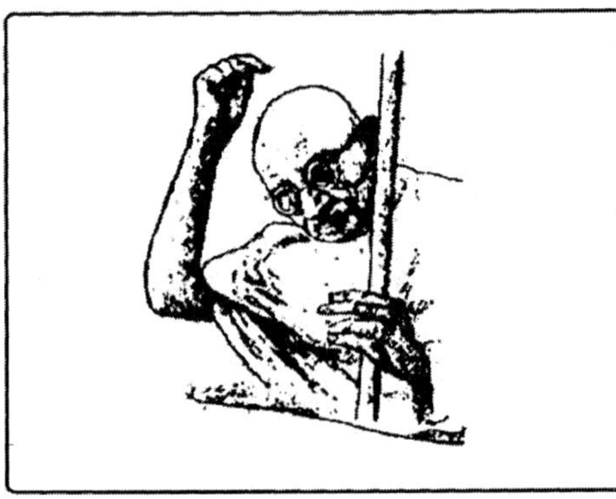

